O CASO DO CÃO ATROPELADO

ROLAND FISCHMANN

O CASO DO CÃO ATROPELADO

Amarilys

Copyright © 2016 Editora Manole Ltda., por meio de contrato de coedição com o autor.

MINHA EDITORA é um selo editorial Manole
EDITOR GESTOR: Walter Luiz Coutinho
EDITORA: Karin Gutz Inglez
PRODUÇÃO EDITORIAL: Andressa Lira, Cristiana Gonzaga S. Corrêa, Juliana Morais
CAPA E PROJETO GRÁFICO: Daniel Justi

Dados Internacionais de Catalogação na Publicação (CIP)
(Câmara Brasileira do Livro, SP, Brasil)

Fischmann, Roland

O caso do cão atropelado/Roland Fischmann.
Barueri, SP: Minha Editora, 2016.

Bibliografia.
ISBN 978-85-7868-230-9

1. Contos brasileiros I. Título.

15-06282   CDD-869.3

Índices para catálogo sistemático:
1. Contos : Literatura brasileira 869.3

Todos os direitos reservados.
Nenhuma parte deste livro poderá ser reproduzida, por qualquer processo, sem a permissão expressa dos editores.
É proibida a reprodução por xerox.

A Editora Manole é filiada à ABDR – Associação Brasileira de Direitos Reprográficos.

1ª edição – 2016

Editora Manole Ltda.
Avenida Ceci, 672 – Tamboré | 06460-120 – Barueri – SP – Brasil
Tel.: (11) 4196-6000 – Fax: (11) 4196-6021
www.manole.com.br | info@manole.com.br

Impresso no Brasil | *Printed in Brazil*

Este livro contempla as regras do Acordo Ortográfico da Língua Portuguesa de 1990, que entrou em vigor no Brasil em 2009.

São de responsabilidade do autor as informações contidas nesta obra.

O senhor duvide, que mesmo assim eu afirmo: interior tem mais maldade que cidade grande. Cidade tem cinema, televisão, bares e festas, alegrias para distrair o homem. Aqui é o homem só; aqui é só o homem e sua natureza, o homem e suas escuridões.

José Rezende Jr.

Gostaria de registrar meu agradecimento à minha esposa Anna, pela paciência e apoio. Sem ela nada disso seria possível

O delegado Batista ouvia o relato de Luciano: mulher atropela cachorro, leva-o a uma clínica veterinária, tenta localizar o dono pela coleira, consegue encontrar o endereço, mas o dono do pobrezinho já morreu. Volta ao veterinário e descobre que o cachorro não existe e que nunca deu entrada. Todos na clínica afirmam não conhecê-la. Finalmente, faz um B.O. na delegacia mais próxima.

Qualquer um que não conhecesse Batista ficaria irritado com sua aparente falta de atenção, mas Luciano já trabalhara em outros casos e sabia que, na verdade, ele estava pensando em cada detalhe, embora ficasse brincando com seus botões envelhecidos ou com as bitucas de cigarros amassados no cinzeiro.

O que poderia significar aquilo? Tiveram pouco tempo para apagar os traços daquele cachorro no veterinário e comprar a cumplicidade da clínica. Por quê? Há algo de errado nessa história.

– Quero conversar com essa mulher. Qual é o nome dela?

– Silvia. Verifiquei o perfil dela: é advogada e trabalha em um escritório especializado em questões tributárias. Tem 35 anos, é casada e tem uma filha de 4 anos.

– Por ser advogada é que fez o B.O. Deve ter ficado muito irritada.

No dia seguinte pela manhã, assim que entrou na sala do delegado, Silvia pediu que abrissem a janela.

– Como é que vocês aguentam esse cheiro de cigarro?

– Desculpe, doutora. Tenho muitos defeitos, entre eles o de fumar. Sou um velho incapaz de mudar hábitos encarquilhados. Podemos descer à cafeteria, pois este não é um depoimento formal.

– Sim, eu gostaria.

Luciano não se surpreendia com as gentilezas do velho delegado, que tentava ser simpático para obter pistas sobre um caso aparentemente banal.

– Silvia, posso chamá-la pelo nome?

– Claro, delegado.

– A senhora percebeu algo de diferente na casa do dono daquele cachorro?

– É grande. Não pude entrar, mas deu para perceber que está vazia. Acho que estão arrumando para vender ou reformar, não sei.

– Quem a recebeu?

– Foi um senhor chamado Melchior. Acho que é uma espécie de caseiro. É um velhinho simples que me disse que seu patrão, Alcebíades Carvalho, havia morrido e que o cachorro fugiu no dia em que o atropelei.

— E você disse ao Melchior que havia atropelado o cão?

— Sim. Enquanto conversávamos ele chamou o filho do Alcebíades, um tal de Vicente, que pegou o telefone e ligou para alguém. Me seguraram um pouco com gentilezas, ofereceram um cafezinho e disseram que iriam buscar o cachorro, que não precisava mais me preocupar com a clínica veterinária. Um outro filho do velho, um tal de Sérgio, também falou comigo rapidamente.

— Você desconfiou de algo? — perguntou o delegado.

— Não desconfiei de nada. Fiquei surpresa com um pneu novinho do meu carro que encontrei murcho quando fui sair. Tive de chamar um guincho. Demorei quase três horas para voltar ao veterinário, e aí o senhor já sabe.

— O Melchior não poderia ter trocado o pneu?

— Não, ele é muito velho. Acho que alguém fez aquilo de propósito para me atrasar mais ainda.

— Quando você levou o cachorro à clínica não lhe deram nada para assinar? Não houve nenhuma ficha a preencher?

— Depois eu também pensei nisso, delegado. Na verdade, não me pediram nada. Estava muito nervosa tentando achar alguma maneira de encontrar o dono do pobre cão, pois o telefone escrito na coleira não funcionava.

– E quando você voltou à clínica, o que aconteceu?
– Foi surreal. Senti como se estivesse enlouquecendo. Tenho o pé firme no chão e não aceito que me tratem dessa maneira. Insisti que alguém estava manipulando a história toda.

O delegado ouviu e concordou com ela, aparentemente.

– Você tem razão, Silvia. Deve haver alguma explicação. Aqui está meu cartão. Se lembrar de qualquer coisa, ligue-me a qualquer hora do dia ou da noite.

Depois que ela saiu, Batista acenou para que Luciano o acompanhasse até sua sala.

– Diga ao João Pedro que ficarei com o inquérito.

Pediu que fizesse um levantamento do Alcebíades Carvalho e sua família – perfil completo, inclusive com avaliação de seus bens e situação financeira.

– Peça autorização para quebrar o sigilo telefônico da clínica veterinária e verifique se houve ligações de algum dos filhos. Vou aguardar esses resultados para marcar um depoimento do veterinário daquela clínica. Enquanto isso, vamos dar um pulinho na casa do Alcebíades para falar com o Melchior.

Luciano ficou pensando o porquê de o velho delegado ter puxado aquele inquérito cujo destino era ser esquecido. Que importância podia ter um cachorro e uma provável lunática?! Quem diria ao velho Batista que ele estava desperdiçando recursos valiosos do departamento em uma investigação completamente inútil?

Luciano sabia que outros delegados deviam estar pensando a mesma coisa, aguardando somente uma oportunidade para desbancá-lo. "Vamos finalmente nos ver livres dessa figura que devia ter pendurado suas chuteiras há muito tempo, e também dos seus cigarros nojentos", diziam nas conversas do cafezinho. Mas Luciano também sabia que, se o Batista havia puxado aquele inquérito, devia ter algum motivo, algum palpite.

Desceram ao subsolo e entraram na viatura. Seguiram silenciosamente até o casarão do velho Alcebíades. Tocaram a campainha e não demorou muito para que Melchior aparecesse com mais três cachorros.

– Bom dia! – cumprimentou Batista.
– Vocês são da polícia?
– Sim. Você é o Melchior?
– Sim, doutor.
– Você é de Três Fronteiras, não é?!
– Sim, mas como é que o senhor sabe? Quem lhe disse? – respondeu, sem esconder o espanto.
– Não existem muitos com esse nome. Parece ser mania desta cidade, Três Fronteiras. Não sei o motivo dessa tradição, mas dois em cada três meninos da cidade tem como nome ou sobrenome Melchior. Quando a Dra. Silvia me disse seu nome, fiquei curioso.

Luciano guardou para si o espanto. Como é que ele podia saber de uma coisa dessas sobre um vilarejo na fronteira entre São Paulo, Mato Grosso do Sul e Minas Gerais?

Na manhã seguinte, Luciano viajou para Três Fronteiras. Ficou hospedado na casa do delegado Melchior, pois na cidade não existia pousada ou hotel. Não faltavam o coreto e a sorveteria na praça da Matriz, entretanto. Três Fronteiras separou-se de Santa Fé do Sul em 1959, quando se tornou município. Hoje, tem pouco mais de 5 mil habitantes.

Naqueles tempos, dizia o delegado Melchior, tinha a casa da Vanda, onde os homens da cidade relaxavam de seus casamentos, e os circos mambembes que passavam de vez em quando. Estes eram os únicos divertimentos que tínhamos naquela época. Contou que um circo dirigido por um palhaço de nome Melchior marcou época – divertiu a cidade por quatro dias seguidos. Ele era muito bom, fazia todos gargalharem. Nove meses depois, com diferença de apenas alguns dias, nasceram 3 crianças, todas do palhaço, que nunca mais pôde visitar a cidade.

– Dizem até que ele teve que vender o circo e mudar de nome, pois estava jurado de morte pelo pai de uma das meninas que engravidou. Nunca mais tivemos notícia dele.

– Você sabe quem são os filhos do palhaço?

– Sim, claro. Todo mundo sabe, mas eles não vivem mais aqui. Foram dois meninos e uma menina: Sérgio, Vicente e Camila. Ninguém sabe onde estão, mas as famílias continuam por aqui. Às vezes um deles aparece para visitar os parentes. Um lado engraçado da cidade é essa mania de dar o nome de Melchior para tudo que é criança. Tem até cachorro Melchior!
– O circo tinha nome?
– Sim, chamava-se Circo Tremendão.

Luciano agradeceu a gentileza do delegado e pegou o ônibus para São Paulo. Estava ansioso para contar a Batista o que tinha descoberto: a história ficava cada vez mais interessante. Durante a viagem pensava em como descobrir mais sobre o palhaço. Ele deveria ser a chave do mistério. Como achar o tênue fio que ligava aquele cachorro ao circo, ao Melchior... O balanço da estrada, por fim, acabou vencendo sua resistência. Só acordou ao entrar na rodoviária, tarde da noite.

Enquanto Luciano viajava pelo interior de São Paulo, outra equipe do delegado investigava um assassinato no centro velho da capital. Quanto sangue, pensou Batista, ao entrar ofegante no apartamento do 3º andar daquele velho imóvel localizado no centro de São Paulo. O cadáver, encostado à escrivaninha, era de um homem branco com cerca de 40 anos e a barba por fazer, ainda com os olhos abertos. Havia sinais de luta e suas mãos estavam machucadas. Um cortador de papel ensanguentado jazia perto do cadáver.

O apartamento, pouco maior do que uma quitinete, tinha o mobiliário envelhecido e poucos enfeites: uma cama e um criado-mudo separados por uma cortina do restante da sala, onde tinha um pequeno sofá e uma escrivaninha com duas cadeiras. Outra pequena cortina empoeirada, da mesma cor verde, separava a sala da acanhada cozinha. Havia uma réplica da Torre Eiffel de latão e uma ilustração do Moulin Rouge. Coincidência? Até a fachada do velho imóvel, na esquina da Barão de Limeira com a Rua Helvétia tinha estilo parecido com o dos prédios parisienses. Um livro de gramática francesa caído no chão não escapou aos olhos do velho delegado. Perguntou a um dos peritos que trabalhavam na cena do crime se haviam encontrado marcas de sapato.

– Sim, e guardamos um molde. Parece, à primeira vista, que o assassino era destro, ligeiramente mais baixo que a vítima, e estava usando tênis.

Batista continuou perambulando e instruiu um de seus auxiliares a passar um pente fino na vizinhança. Uma agenda, manchada de sangue, também chamou sua atenção, assim como uma tiara com quadradinhos de vários tons de vermelho. Já vi essa tiara antes, pensou. Depois de tudo observar, voltou à delegacia.

Naquela tarde, um dos investigadores da equipe o procurou.

– O sangue encontrado na agenda não é da vítima e encontramos material pornográfico ligado a pedofilia no computador. Seu nome é Jean Desmoulins e é procurado pela polícia francesa.

– Parece que nosso assassino se feriu, mas pelo menos matou esse traste - completou Batista. – Você já sentiu vontade de transar com uma menininha? – prosseguiu.

– Tá louco, Batista?

– Eu só queria entender. Você já sentiu vontade de acariciar um menino? Um corpo de menina, com os peitinhos mal crescidos te excitam?

– Para com isso, delegado.

Batista saiu dizendo que iria visitar sua irmã Esther. Ao chegar, tocou a campainha e aguardou. Ela esboçou um pequeno sorriso quando viu seu irmão. Parecia cansada.

– Como está, Esther? Você ouviu falar de um professor de francês da Barão de Limeira, aqui perto?

– Sim. É você que... está investigando? – respondeu sem disfarçar o nervosismo.

– Quando estive no apartamento do professor Jean, vi uma tiara no chão que não reconheci imediatamente. Depois lembrei de algumas fotos do aniversário da sua filha com uma tiara parecida. Também vi o nome dela na agenda do professor, no dia e hora da morte.

Chorando, Esther o abraçou e pediu que ajudasse Lúcia.

– Onde ela está?
– Com o pai, no hospital. Só vim pegar uma muda de roupa. Lúcia foi sedada e eu devia ter desconfiado daquele monstro. Ela reclamou do professor, mas não prestei atenção.
– É muito importante que o médico tenha verificado se houve estupro – acrescentou.
– Ele tentou, ameaçou e chegou a bater. Ela viu uma faca, dessas de cortar papel sobre a mesa e defendeu-se.

Outros pais se apresentaram para prestar depoimento depois que o caso apareceu nos jornais.

Nos dias seguintes, Luciano trabalhou apenas no caso do cachorro, para espanto de seus colegas. Ninguém entendia por que estavam tão interessados naquele caso. O jovem detetive conseguiu as informações que o delegado pedira e algumas surpresas logo saltaram aos olhos. O mistério parecia adensar-se. Batista chamou-o no final daquela tarde.

– O que você descobriu?
– Tem mesmo algo bizarro nessa história, delegado. Houve telefonemas do Sérgio e do Vicente, filhos do Alcebíades, para a clínica veterinária no horário em que a Dra. Silvia disse estar por lá. Uma ligação, em particular, durou quase 15 minutos. O lado mais divertido da história é que os três filhos do Alcebíades têm datas próximas de nascimento, no mesmo ano. O delegado Melchior de Três Fronteiras me falou deles e resolvi confirmar.

– Mas não é possível, Luciano. Você tem certeza? Eles não são filhos do tal palhaço? Então, o Alcebíades adotou essas crianças?

– Não. Aí é que está a melhor parte: ele reconheceu a paternidade deles. Está na certidão de nascimento dos três, com diferentes mães, todas de Três Fronteiras. O palhaço trocou de nome.

– Esse Alcebíades está me parecendo um grande personagem. Pena que não podemos mais falar com ele.

– Ainda não deu para verificar tudo, Batista, mas alguma coisa já dá para dizer. Ele morreu há pouco mais de três meses, em sua cama, de um infarto, aos 75 anos. O laudo do IML não indicou nada suspeito sobre a morte. Foi encontrado morto por Melchior, que trabalha para a família há mais de 20 anos.

– Mas ele não tinha médico? – intrigou-se Batista.

– Boa pergunta. Sim, ele tinha, mas o atestado de óbito foi feito no IML, após a autópsia. É, no mínimo, estranho, não acha?

– Continue investigando a família do Alcebíades. Vamos convocar o Melchior para depoimento na próxima semana. Quero saber do que o Alcebíades vivia. Chame também os filhos para depoimento. Eles vão estranhar o interesse da polícia. Para falar a verdade, Luciano, estou seguindo meu faro, pois ainda não temos nada. Talvez o Melchior possa nos dar umas dicas.

Luciano sabia que teria grande dificuldade em refazer os traços do Circo Tremendão e que teria pouca ajuda para realizar essa tarefa. Naquela tarde, iam colher o depoimento do caseiro Melchior e precisava preparar uma bateria de perguntas. Outra frente que definiram como prioritária era localizar o médico do velho Alcebíades e o perito do IML que fornecera o atestado de óbito. Precisava também convocar os três filhos para depor.

Mais tarde, quando Melchior chegou ao Departamento de Investigações Criminais (DIC), Luciano e Batista o receberam junto com o escrivão. Depois das formalidades de identificação, o delegado conduziu o depoimento:

– Há quanto tempo você trabalha para o sr. Alcebíades?

– Já são mais de 35 anos. Estou aposentado, mas ele nunca me deixou parar de trabalhar. Agora acho que vou voltar para Três Fronteiras.

– Como foi que ele o conheceu e lhe deu emprego? – perguntou o delegado entre duas baforadas.

– Já faz tanto tempo que nem lembro mais. Tenho a impressão de que nasci trabalhando para ele e sua família.

– É você que cuida dos cachorros?

– Ele amava demais os cachorros e cuidava deles. Agora que ele morreu sou eu quem toma conta.

– Eu vi três cachorros naquele dia em que fomos à casa do seu patrão.

– O nome deles é Matoso, Maroto e Moleque. O cão que fugiu é o Moleque, o preferido de Alcebíades, o mais esperto. Ele teve cachorros toda sua vida e o mais querido sempre se chamou Moleque.

– Ele estava com a coleira? Eu vi que os outros tinham.

– Não, doutor. O senhor é muito observador. Ela sumiu.

– E o que está escrito nas coleiras?

– O nome deles, o telefone da casa e o endereço.

– O telefone mudou?

– Não, por quê?

– Tentaram ligar do veterinário para onde levaram o cachorro atropelado.

– Não sei, doutor.

Melchior prosseguiu, sob pressão de Batista. Contou que o verdadeiro nome de Alcebíades era Melchior, o palhaço do Circo Tremendão. Quando criança, apaixonou-se pelo circo. Acabou sendo adotado pelo palhaço, que o criou como um filho.

– E o que foi que aconteceu?

– Depois daquela temporada em Três Fronteiras, ele teve de vender o circo e mudou de profissão. Deu certo, muito certo. Virou agente de artistas sertanejos, organizava shows em rodeios pelo Brasil afora. Ganhou muito dinheiro. Ele tinha uma boa lábia com as mulheres e os negócios. Era safado, mas ajudou a criar aquelas crianças e continuou a adestrar cães. Mas nem tudo foram flores. Sua esposa, coitada, morreu de câncer, depois de muito sofrimento.

– Como era o relacionamento dele com os filhos?

– Com o Sérgio e com a Camila era normal, mas com o Vicente era mais difícil.

– Sabiam que era seu pai?

– Sim, sabiam, mas não viveram com o velho. Ele reconheceu a paternidade e os ajudou financeiramente. O senhor sabe, ele teve que fugir, então não houve muito contato até a idade adulta. Sempre mandou dinheiro para as mães. Não que ele ficasse feliz com isso, pois não teve filhos com sua esposa Mariana. Ele era palhaço, doutor. Sempre adorou crianças e cachorros.

– E qual era o problema com o Vicente?

– Todos na cidade sabiam que o palhaço havia engravidado aquelas moças. As pessoas, as crianças na escola, todos foram cruéis. Até mesmo o padre não as tratava como as outras. Eles sofreram muito, com certeza. Vicente culpava Alcebíades por tudo de ruim em sua vida, e o relacionamento entre eles sempre foi muito complicado.

– Uma última pergunta, Melchior. Quem estava com você na casa do velho quando a Dra. Silvia veio avisar do atropelamento do Moleque?

– Estavam os dois irmãos. Recolhiam coisas para vender a casa.

Contou que Sérgio e Camila estudaram e tornaram-se profissionais bem-sucedidos, cada qual em sua área. Sérgio é cardiologista, Camila é especialista em *marketing* e trabalha em um laboratório farmacêutico. Vicente não deu certo: bebe muito, seu casamento fracassou e não consegue trabalhar em lugar algum. Vive de mesada.

Luciano descobriu mais tarde que Alcebíades havia plantado mais crianças em outras cidades. Ele mandava dinheiro para, pelo menos, dez endereços diferentes e, com a ajuda do caseiro, localizou o médico do Alcebíades, Dr. Mauro, com quem teve uma conversa naquela tarde.

– Estou curioso para saber por que o senhor não assinou o atestado de óbito. Alcebíades morreu em casa, aparentemente de causas naturais.

– Aparentemente...

– Como assim, doutor?

– Eu o conhecia bem. Fui seu médico por mais de 20 anos. Alcebíades estava bem de saúde e tinha feito seus exames havia pouco tempo. Tinha uma alimentação saudável e nada indicava que estivesse propenso a morrer de infarto. Aliás, eu suspeito de envenenamento.

– Doutor, esta é uma acusação bastante grave. O senhor teve conhecimento do laudo do IML?

– Sim. Eu sei que indicaram morte por infarto, mas vi a cor de suas unhas. Se estiver certo, há uma substância que pode ter provocado a morte.

– Mas isso não foi verificado na autópsia?

– Com certeza fizeram o exame das vísceras, mas essa substância tem uma meia-vida extremamente rápida. Pode ter provocado o infarto e ter sido eliminada de seu corpo sem traços.

– Que substância é essa?

– É um vasoconstritor fitoterápico. Os índios conhecem os efeitos dessa planta e a usam como remédio para fraqueza. Na verdade, é uma droga útil para quem sofre de hipotensão. Geralmente é ministrada como um chá em baixa concentração, sem perigo algum, e a erva pode ser encontrada em feiras populares.

– Para ser perigoso e provocar um infarto, o senhor está dizendo que precisaria ser injetado?

– Não necessariamente. Se o indivíduo estiver sob forte estresse, for hipertenso ou cardiopata, a administração desse chá pode desencadear uma isquemia. Como eu vi o Alcebíades muito antes da autópsia no IML, notei a cor embaixo da unha que poderia sugerir a presença dessa substância.

– O senhor está me falando de um crime perfeito?

– É mais ou menos isso. Sinto não ter ajudado, mas eu tinha um bom motivo para não assinar o atestado de óbito.

– Obrigado, Dr. Mauro. Vamos precisar de um depoimento formal. Mandarei uma notificação em breve.

Luciano retornou ao DIC envolto em brumas. Estava tão imerso em seus pensamentos que nem notou que entrara na sala do Batista sem pedir licença, interrompendo uma conversa do delegado com outro detetive da equipe.

– Desculpe, mas estou impressionado com as últimas averiguações. Vou para minha mesa e espero o senhor me chamar.

Batista conhecia bem aquele semblante de Luciano.

– Estamos diante de um crime perfeito?
– Não brinca! Vou lhe contar a charada.

Estavam diante de um caso que tinha evoluído de uma simples queixa de cachorro atropelado para um possível assassinato, engenhoso, sem traços: o morto fora autopsiado e o laudo indicava morte natural. Ainda não sabiam os motivos para o suposto crime.

– Vamos continuar com nosso plano, Luciano. Está na hora de chamarmos os filhos para os depoimentos. Se um deles preparou o golpe, então deve haver algum interesse financeiro nessa história. Nosso suspeito primário é o Vicente. Faça algum contato informal para que ele saiba que estamos de olho. É bom que ele sinta o peso da suspeita – está na hora de sentir medo. Deixe o depoimento formal dele para o fim. Vamos chamar primeiro os outros irmãos e o Dr. Mauro. Precisamos também falar mais uma vez com o Melchior para descobrir o que havia naquela coleira.

– Convoco ele para vir aqui na delegacia?
– Não, vamos fazer mais uma visitinha.

No caminho sempre passavam pela avenida São João e depois pela Amaral Gurgel, no centro de São Paulo, embaixo do Minhocão. Enquanto dirigia, Luciano observava a sujeira, a degradação dos miseráveis moradores de rua que usam o Minhocão como casa: bêbados, loucos e viciados em *crack*.

Naquele dia, uma moça em particular chamou-lhe a atenção: ainda bonita, com as roupas mais ou menos em ordem, dançava uma música cantada por um rapaz que olhava gulosamente para aquele corpo ainda usável. Não conseguia ouvir o que o rapaz cantava, no meio do barulho provocado pelos carros e ônibus que passavam, mas a maneira elegante como ela dançava o impressionou. Não era afetação, era seu jeito: dançava graciosamente, ignorando os olhares dos carros em volta.

Britto era outro membro antigo da equipe do detetive Batista – talvez estivesse lá há uns 10 anos ou mais. Com certeza era um dos mais velhos e, por isso mesmo, não conseguia entender por que seu chefe lhe havia passado aquele inquérito sobre a morte de mais um miserável sem-teto na região do centro velho de São Paulo. Foi encontrado morto, espancado e semicarbonizado. Era conhecido como "doutô", por sua maneira elegante de falar. Seria provavelmente enterrado como indigente. Que interesse podia haver na investigação sobre a morte de um desses miseráveis? Com certeza foi resultado de alguma briga, bebedeira, ou algum comerciante exausto com a sujeira.

Aborrecido com aquele caso e sendo alvo de chacotas, Britto pensava: "Será que o Batista está me jogando para escanteio? Será que ele quer que eu saia da equipe?". Dirigiu-se acabrunhado ao IML para se inteirar das condições em que o indivíduo fora morto. Ao chegar, foi à coordenação para saber qual dos médicos-legistas seria responsável por aquela autópsia. Da mesma maneira que ele, o Dr. Jarbas sentia-se diminuído com aquele trabalho e também se perguntava se não estava prestes a ser demitido, pois só alguém muito incompetente seria designado para aquele indigente. Britto teve então de aguentar o mau humor dele e não demonstrar o seu, mas até achou graça na coincidência. Foram juntos até a sala de autópsia que exalava aquele cheiro nauseabundo característico. O Dr. Jarbas abriu a geladeira nº 9, puxou aquele corpo maltratado, sujo e começou a examiná-lo.

– Veja quantas fraturas nas costelas. Essas nas mãos são típicas de atitude defensiva.

– É verdade. Olha como as queimaduras foram intensas, principalmente nas mãos. Será que conseguiremos digitais?

– Não sei, Britto. Vamos tentar. Olha aqui, no dedo mindinho da mão esquerda. Acho que vou conseguir alguma coisa.

A autópsia seguiu seu rumo natural. Recolheram amostras do sangue e das vísceras para os exames. Ao final, já não estavam mais tão irritados com a falta de importância daquele caso.

Naquela tarde, Britto foi chamado por Batista. A sala estava coalhada de investigadores depois do almoço. Era a hora em que todos apareciam no DIC. Podia fazer calor ou frio, lá vinha Batista com seu sobretudo e cigarro aceso no canto da boca – fazia questão de ignorar solenemente a placa de "Proibido fumar". Vinha pela manhã para estudar os casos em que os investigadores de sua equipe estavam trabalhando. À tarde, chamava um por um para criticar ou dar novas ideias para as linhas investigatórias.

Britto foi o primeiro a ser chamado, mas naquele momento tocou o telefone em sua mesa.

– Britto falando.

– Conseguimos a identificação e você não vai acreditar. Foi muito rápido, pois as digitais estavam no banco de dados de pessoas desaparecidas – dizia entusiasmado o Dr. Jarbas.

– É mesmo?! Que bom que você ligou. O Batista está me chamando e vai ficar feliz em saber que já conseguimos descobrir alguma coisa. Quem é o infeliz?

– É o engenheiro Jorge Andrade. Ele desapareceu há aproximadamente 8 meses. Parecia ter mais de 50, não é? Pois tem somente 34 anos. Incrível, não?!

– Tem razão! Obrigado por me avisar.

Abriu a porta da sala do delegado e sentou-se em frente à mesa pensando: "eu não merecia um caso

idiota após todos esses anos", mas o delegado interrompeu seu devaneio:
– Não precisa nem falar – é o engenheiro Jorge Andrade, não?
– Caramba, Batista. Como é que você sabe?!
Contou que vira uma reportagem na televisão sobre pessoas desaparecidas e apareceu uma imagem do engenheiro com a camisa que reconheceu na foto que mandaram do cadáver daquele indigente carbonizado.
– Ninguém se interessou por aquele caso.
– Pois é! E eu achando que você queria a minha cabeça...

O assunto parecia resolvido e o delegado poderia se vangloriar de tê-lo solucionado rapidamente, mas duas semanas após o enterro do engenheiro, a família o procurou. Contaram que Jorge era esquizofrênico – um surto psicótico o levara a abandonar seu lar e família para ser encontrado morto meses depois. Relataram ao delegado que haviam sido procurados por uma seguradora para que uma apólice de seguro de vida fosse paga a um beneficiário que lhes era desconhecido.

Naquela tarde, Luciano e Batista tocaram a campainha da casa de Alcebíades e esperaram por Melchior no portão. Ele chegou com os três cachorros e suas respectivas coleiras.
– Qual deles é o Moleque? – perguntou Batista, entrando no quintal.

– É o maior deles, com o pelo embranquecido pela idade.
– Da outra vez que viemos ele estava sem a coleira.
– Eu achei...
– Cuidado, Melchior. Mentira tem perna curta – Batista dizia enquanto abaixava para examinar a coleira – Esta não é a que o cão usava no dia do atropelamento. Luciano, experimente este número de telefone.

Luciano fez o teste e o telefone da casa tocou.
– Quem a trocou, Melchior?
– Xi, doutor, vai me colocar em maus lençóis.
– Vai ser muito pior se eu mandar prender você por desacato. Fala logo, homem! Não vê que assim vai se encrencar muito mais?

O delegado e Luciano circularam pela casa. Ela tinha sido esvaziada – restavam poucos móveis. Localizada em um bairro residencial, em uma rua tranquila, tinha a fachada típica de casas construídas nos anos 1960, com pedras mineiras e um pequeno jardim na frente. Não tinha ainda os muros altos que a insegurança dos anos seguintes criaram. O jardim e o grande quintal que circundava a casa eram um pequeno paraíso para os cães. A porta lateral dava acesso ao salão principal da casa, dividido em três ambientes: uma sala de visitas, ladeada pela sala de jantar e por um escritório adornado por uma biblioteca de jacarandá. Na parte de trás, a área de serviço ficava em frente aos quartos de empregados, à lavanderia e à garagem. Um dos quartos era de Melchior. Os outros empregados haviam sido dispensados logo após a morte do velho. Em cima, quatro grandes suítes, sendo a principal de frente para a rua, sobre a sala de visitas. Depois de olharem tudo, detiveram-se em frente à biblioteca ainda preenchida de livros empoeirados. Melchior ficou em silêncio.

– Agora me explica direitinho essa história da coleira do Moleque.

– Sim, doutor. Explicou que enquanto a Dra. Silvia ficou esperando o conserto do pneu furado, Vicente chamou sua irmã, Camila, que foi até a clínica e trouxe o cachorro machucado de volta. Sérgio queria a coleira de qualquer jeito, pois o número escrito nela não é do telefone da casa e acrescentou:

– Também não sei de onde é, mas acho que é o segredo de um cofre do velho que não tenho nem ideia de onde fica.

– Agora, sim, Melchior. Precisa colaborar com a polícia. Você também era filho do velho?

– Não, doutor. Sei por que está perguntando, mas quando o circo veio pela primeira vez em Três Fronteiras eu era um molequinho. Me chamo José Antonio Palhares – este é o meu nome. Adotei Melchior como apelido e foi decisão minha.

– Você gostava mesmo do velho Melchior, não é?

– Foi um verdadeiro pai para mim, doutor. Me criou e ensinou tudo que sei. Não é muito, mas sempre foi bom comigo. Acompanhei-o em todas as suas andanças pelo mundo desde aquela época. Ele falou com meus pais e se responsabilizou por mim. Ajudava-os, sempre mandava algum dinheirinho, mesmo quando eu já era crescido, até morrerem.

– Como é que está a situação da herança do Alcebíades?

– Tá uma bagunça, doutor. Ninguém se entende. Dizem que ele tinha deixado um testamento e eu desconfio que está nesse tal de cofre que ninguém sabe onde fica. A coleira deve estar com o Sérgio, mas ele também não sabe onde fica o cofre, ou não quer dizer pra ninguém.

– Está bem, Melchior. Agora preste atenção. Você vai depor na delegacia e vai dizer direitinho tudo que nos disse até agora. Fique com meu cartão e telefone se precisar.

Em seguida, voltaram ao prédio do DIC.

– Britto, venha já à minha sala – gritou o delegado de sua porta assim que voltou.

– Pois não, chefe.

– Você já encerrou o caso do engenheiro?

– Ainda não. Isso é uma bronca? Ainda falta um último detalhe em um relatório para que eu possa mandar o caso para o arquivo.

– Não feche ainda, Britto. Acho que miramos um passarinho e vamos matar um elefante. A família me procurou para dizer que uma seguradora que eles nunca ouviram falar veio pagar uma apólice de seguro feita após o seu sumiço.

– Agora a história tá ficando mais alegre!
– Então, não fique mais com complexo de inferioridade e trate de investigar o caso. Vá falar com a família do engenheiro e verifique quantos indigentes foram mortos nos últimos 6 meses. Veja se algum deles também teve queimaduras do mesmo tipo. Seja discreto, pois algo me diz que tem policial metido nessa história. Deve ter alguém ajudando a montar a documentação desses coitados junto às seguradoras.
– Tá bem, Batista. Já entendi.

Descobriu que 12 indigentes haviam sido assassinados em São Paulo nos últimos 3 anos, sendo que nenhum dos cadáveres fora reclamado. Destes, 10 tiveram apólices de seguro de vida pagas. Todos foram mortos por espancamento ou com armas brancas – nenhum deles fora queimado, com exceção do último, o engenheiro. O que provocara aquela reação dos criminosos? Será que eles tentaram encobrir sua identidade? Será que mudaram de ideia antes ou após terem matado o homem?

No dia seguinte, Britto e Batista tiveram uma conversa.

– Acho que encontramos uma quadrilha que pode estar agindo há muito tempo.

– Por que mataram e queimaram o engenheiro? O que os fez mudar de ideia?

– Tenho uma teoria, chefe. Tentaram evitar uma identificação positiva do cadáver. Só após a identificação é que as seguradoras pagam as apólices. Sem ela não haveria pagamento de seguro, ninguém ligaria nada com nada e o caminho permaneceria limpo. Algo os fez recuar no caso do engenheiro.

– Britto, você já cruzou a data em que a família Andrade apareceu na TV com a morte do engenheiro?

– Vejamos, a queixa de desaparecimento foi registrada em julho do ano passado e os Andrade apareceram naquela reportagem de pessoas desaparecidas em janeiro. Estamos em março e o corpo do engenheiro apareceu em fevereiro. Será que viram o tal programa na televisão?

– Acho sua teoria possível, Britto. Não será difícil obter das companhias de seguro o nome desses beneficiários, endereços, etc.

Conseguiram armar a emboscada e surpreender uma quadrilha de 6 pessoas, entre os quais 2 policiais, que fraudavam apólices de seguro. O plano era simples e cruel: procuravam indigentes sem queixa de desaparecimento e preparavam os papéis para a apólice de seguro. Depois, em troca de alguns trocados, uma garrafa de aguardente ou algumas pedrinhas de *crack*, obtinham as assinaturas e fichas de cartório para reconhecimento de firma. As beneficiárias das apólices eram sempre as esposas dos quadrilheiros.

No dia seguinte, Batista pediu que Luciano entrasse em seu gabinete logo cedo.

– Veja se consegue o máximo de informação sobre os filhos de Melchior e verifique em qual vara está correndo o espólio do velho Alcebíades. Veja quem são os advogados, quem está representado, quem é o testamenteiro. Peça também para que os filhos sejam convocados a depor. Peça primeiro para que Sérgio e Camila venham e depois Vicente.

– Está bem, chefe.

Luciano esmiuçou a vida do velho Alcebíades e de seus herdeiros. Havia os três filhos de Três Fronteiras e mais sete de diversas outras cidades. O testamenteiro era Sérgio e o espólio era vasto: 20 apartamentos alugados, 30 salas comerciais, terrenos, três fazendas – todas produzindo –, participações societárias, fundos. O valor total era enorme – o homem realmente enriquecera. Mas o processo de divisão dos bens parecia bastante complexo, pois teriam que vender os imóveis para satisfazer o apetite de todos. No dia seguinte, o Dr. Murilo, perito do IML, chegou logo cedo.

– Bom dia, delegado. Em que posso ajudá-lo?

– Eu gostaria de saber se o caso do Sr. Alcebíades Carvalho chamou sua atenção por alguma particularidade?

– Sim. Ele morreu em casa aos 75 anos de idade. Seu médico recusou-se a assinar o atestado de óbito. Os filhos foram obrigados a chamar a polícia e levar o corpo ao IML. Parecia estranho.

– O senhor conversou com o médico?

– Telefonei ao Dr. Mauro para conhecer a ficha clínica e obter algum detalhe que pudesse alterar minha avaliação da *causa mortis*. Esse procedimento é padrão.

– E então?

– Ele me explicou por que não quis assinar o atestado de óbito e relatou o estado clínico do Sr. Alcebíades.

– O que o senhor descobriu?

– Nada. Fiz todos os exames à procura de algum agente patológico ou sinal de envenenamento, mas não encontrei nenhum indício. Não tive outra alternativa a não ser o relatório que o senhor leu: morte por infarto agudo do miocárdio. Não achei nenhuma evidência que justificasse a desconfiança do médico.

– O senhor acha possível que alguma substância tenha sido utilizada sem que fosse detectada em seus exames?

– Tecnicamente é possível, embora pouco provável. Vou explicar: o IML está equipado, como vocês sabem, para procurar em mortes suspeitas os eventuais agentes patológicos que, nas concentrações mínimas necessárias, conhecidas da literatura técnica, possam estar presentes nos exames das vísceras. Se houver concentrações milesimais, digo homeopáticas, não detectamos nada. Mas, neste caso, não se justifica dolo ou, em outras palavras, assassinato. Apenas como exemplo, cianeto é utilizado como remédio em homeopatia.

– Quer dizer que, se uma substância em baixa concentração houver sido utilizada, então seria possível provocar um estresse que resultaria em um enfarto?
– Eu diria que é muito pouco provável, mas possível.
– Está bem, doutor. Obrigado pelas explicações.

Depois que o Dr. Murilo saiu, Luciano foi fazer uma visita à clínica aonde a Dra. Silvia disse ter levado o cão atropelado. Lá falou com o proprietário, Dr. Otávio. Perguntou se tinha conhecimento da história do cão e do boletim de ocorrência lavrado na delegacia próxima.

- Sim, estou a par. Ela estava muito nervosa, descontrolada até, quando nos trouxe o cachorro que havia atropelado. Tivemos que o sedar, pois estava bem agressivo. Teve sorte, pois não quebrou nada. Estava bem ralado, mas não houve nada de grave.
– O senhor recebeu uma ligação dos donos do cachorro?

O veterinário declarou ter recebido duas ligações e que estavam mais interessados em saber sobre a coleira do cachorro. Disseram que viriam buscá-lo em seguida.
– Sabe se a Dra. Silvia tentou ligar para o telefone que havia na coleira?
– Sim, ela tentou várias vezes. Acho que o telefone estava quebrado.
– Parecia um número de telefone?

– Sim. O que mais poderia ser?

A seguir, o Dr. Otávio confirmou que Camila veio buscar o cachorro, pagou a conta e prosseguiu:

– Eu sei o conteúdo do B.O., mas não foi verdade. Nunca tentei esconder a internação do cão. Não houve ficha assinada pela Dra. Silvia, pois ela estava tão nervosa quando chegou com o cão que pensamos em fazer isso mais tarde. Depois a Camila, dona do cachorro, assinou a papelada da internação. Posso mostrar para o senhor.

– Sim, eu gostaria. Peça para que seja feita uma cópia dos documentos de internação do cachorro.

– Não houve nada de errado. O cão reconheceu Camila, abanou o rabo e aceitou quando ela o pegou no colo para levá-lo ao seu carro. Se alguém da clínica tentasse chegar perto do cachorro, arriscava-se a levar uma mordida, pois ele estava bastante estressado. Todo dia chegam cachorros machucados e sabemos reconhecer os laços afetivos do cão com seu dono.

– Entendo, Dr. Otávio. Será necessária sua presença na delegacia para um depoimento formal, pois há um inquérito em andamento por causa do B.O.

Naquela tarde, Sérgio, o cardiologista, chegou para seu depoimento. Batista e Luciano o aguardavam. Após as formalidades iniciais de identificação, começaram as perguntas:

– Como era o relacionamento com seu pai?

– Eu diria normal, dadas as circunstâncias. O senhor está a par das histórias de Três Fronteiras?
– Sim.
– Eu e a Camila temos nossas vidas, e o nosso pai, Alcebíades, sempre nos ajudou. Acho que o único que não superou o trauma infantil foi o Vicente.
– Pode explicar melhor?
– Na cidade em que nascemos, todos sabiam que éramos os filhos do palhaço. Isso nos fazia vítimas preferenciais das chacotas. Foi difícil para nós três e suponho que também para os outros sete filhos de meu pai. Vicente nunca superou esse trauma. Quando terminamos o primeiro grau em Três Fronteiras, ele nos chamou para estudar em São Paulo e nos ajudou como pôde. Nunca tive problemas com ele. Sou grato por tudo que ele fez e por tudo que nos deixou.

Batista pensava que, de fato, o velho deixara uma grande fortuna.

– Como foi possível que os outros herdeiros aceitassem o senhor como testamenteiro?
– Na verdade, delegado, eu tenho uma carreira sólida e sou próspero sem precisar da herança de meu pai. Acho que isso os deixou mais tranquilos. Alguém precisa se responsabilizar, e é melhor que seja alguém da família, para que os bens não sejam mal administrados, até mesmo dilapidados.
– Tem razão, Dr. Sérgio. O senhor se surpreendeu com a recusa do Dr. Mauro em assinar o atestado de óbito?
– Sim, claro, mas ele explicou sua dúvida.

– E o que o senhor pensa a respeito?

– Não penso nada, delegado – respondeu abruptamente.

Batista resolveu não o apertar naquele momento e mudou de assunto, mas sua reação não passou despercebida. Mais tarde, quando tivesse mais elementos em mãos, iria questioná-lo novamente.

– O senhor soube do desaparecimento do Moleque?

- Sim, mas ele voltou bem, logo depois. Camila foi buscá-lo na clínica onde havia sido internado após um atropelamento.

– O senhor sabe que informação havia na coleira do Moleque?

– Geralmente tem nome, endereço, telefone de contato.

– Pois o cachorro apareceu com outra coleira. Sabemos que ela foi trocada e que o número que parecia ser de telefone não correspondia ao telefone da casa do seu pai.

– Não sei nada disso, delegado.

– Vamos terminar por aqui, mas precisaremos de mais esclarecimentos quando evoluirmos com o inquérito.

– Tudo bem. Estarei à disposição.

Batista e Luciano aproveitaram para trocar algumas impressões sobre o Dr. Sérgio.

– O que você conseguiu saber sobre ele?

– É presidente do Hospital Memorial de Sá, um dos mais conceituados de São Paulo. O consultório dele vai muito bem e melhorou ainda mais desde que se tornou presidente do hospital.

Luciano reportou as conversas que tivera com vários médicos do hospital. Disseram que o Dr. Sérgio não é bem conceituado entre seus colegas, mas que tinha uma enorme capacidade de articulação política, o que explicava sua ascensão ao posto de presidente.

– Mas o Memorial não é um hospital filantrópico?
– É verdade. O presidente e a diretoria não podem ganhar nem salário e nem gratificações, entretanto, o posto de presidente é muito disputado pelo prestígio, poder e dinheiro que canaliza.

Luciano prosseguiu. O Memorial é considerado por muitos como um dos melhores hospitais da cidade. É enorme, está sempre cheio e rola muita grana. Desde que o Dr. Sérgio assumiu a presidência, parece ter eliminado todos os inimigos de postos-chave e criou um "Instituto de Cardiologia" como apêndice do hospital e, este sim, pertence a ele. Não há nenhum caso cardiológico que dê entrada no hospital sem que o instituto do Dr. Sérgio intervenha de alguma maneira. Quem não aceita o trato, nunca encontra vagas.

– O Dr. Sérgio já é um homem bastante rico, com perspectivas de ficar ainda mais nos próximos anos, a não ser que puxem seu tapete – completou Luciano.

– É, mas isso não o coloca como suspeito em relação à herança de seu pai. O que você sabe sobre a Camila?
– Ela tem uma carreira de sucesso na indústria farmacêutica. Fez faculdade de *marketing* e começou trabalhando como propagandista. Hoje em dia é gerente de produto e está com casamento marcado.
– Quando ela vem depor?
– Hoje à tarde.
– Ok, e quanto ao Vicente, quando teremos seu depoimento?
– Amanhã, pela manhã.

Mais tarde, Camila apresentou-se na delegacia. Como de costume, Batista e Luciano foram recebê-la com um cafezinho. Depois subiram ao gabinete, onde o escrivão os esperava. Após as formalidades de identificação, a primeira pergunta foi sobre o relacionamento com seu pai.
– Era tranquilo, delegado. O senhor já deve conhecer um pouco de nossa história.
– Não poupe nenhum detalhe, Camila.
Camila estranhou o tom do delegado, que prosseguiu.
– Não se trata mais do desaparecimento e posterior aparecimento de um cachorro, Camila, mas de um possível assassinato.
– Assassinato de quem, delegado?
– Do seu pai, ora.

— Mas o laudo do IML não atestou que meu pai morreu de infarto?!

— Eu sei, mas pode ter havido alguma forma dissimulada de envenenamento, de acordo com o legista. Por isso mesmo, o Dr. Mauro, médico de seu pai, recusou-se a assinar o atestado de óbito.

— O senhor está me deixando muito assustada, delegado. Eu não sabia de nada disso.

— Pois é, minha filha, mas é importante que você saiba que estamos investigando algo muito sério. Como está correndo o processo de divisão da herança?

— Não sei, delegado. Deixei tudo na mão de meu irmão Sérgio. Não entendo nada disso e acho que posso confiar nele. De vez em quando ele me traz alguma coisa para assinar.

— Como foi sua saída de Três Fronteiras e sua vida em São Paulo?

— Minha vida não foi fácil lá, pois todo mundo sabia que éramos filhos do palhaço. Sempre fomos motivo de chacota e sofri muito. Minha mãe também, pois era tratada como mulher fácil, de qualquer um. Ela nunca mais se casou, envelheceu e secou.

— Entendo.

— Então, quando o Melchior nos chamou para estudar em São Paulo, aceitei prontamente. Fiquei triste por minha mãe, mas precisava sair de lá. Só vou a Três Fronteiras para visitá-la. Não tenho amigos – detesto aquele lugar. Muitos acham que podem mexer comigo, como se a pecha de vadia estivesse também grudada em mim. Já falei para ela vir morar comigo, mas ela não quer. É como uma árvore, presa àquele solo ruim.

– Quando você chegou a São Paulo?

– Nós três viemos mais ou menos na mesma época. Nosso pai já estava bem de vida e comprou um apartamento perto de onde morava com três quartos, um para cada um de nós. Ele pagava todas as despesas e ainda nos dava dinheiro de bolso, além de custear nossos estudos. O único que não estudou foi o Vicente.

– O que aconteceu no ano em que você chegou a São Paulo? Parece que houve um inquérito policial arquivado citando seu nome.

– Puxa, pensei que nunca mais ouviria falar disso...

Contou que saíra com alguns amigos para "bebemorar". Quando voltava, perdeu o controle do carro e bateu contra uma árvore e uma amiga morreu.

– Eu fiquei bastante machucada. Tive várias fraturas e quase morri de uma infecção. Mesmo assim, eu trocaria minha vida pela da minha amiga. Enfim, delegado, essa loucura me custou meses de hospital e uma dolorosa recuperação.

O delegado perguntou se ela queria um intervalo para se recompor. Alguns minutos se passaram e então prosseguiram:

– Estava deprimida quando cheguei a São Paulo, delegado.

Contou que fez muitos anos de terapia para conseguir superar os traumas de sua infância.
– Bebia muito naquela época. Sou alcoólatra, mas tenho minha carreira, estou noiva e nunca mais bebi. Devo me casar até o final do ano. Tive muito tempo para pensar no hospital e creio que tomei algumas boas decisões.

O delegado e Luciano observavam cuidadosamente a linguagem corporal de Camila. Eram especialistas em mentiras e performances teatrais. No entanto, Camila lhes parecia convincente naquele momento.

– Decidi que queria viver, delegado. Se continuasse daquele jeito já estaria morta. Acho que perdoei meu pai. Ele é o que é. Nunca deixou de ajudar todos os filhos que plantou no mundo.

– E o Sérgio, como foi que ele se saiu?

– Ele é um médico de sucesso, mas não foi de graça. Ele também pagou e paga um preço bastante alto pelas aventuras do Alcebíades.

– Você sabe de algum testamento de seu pai?

– Há alguns anos, durante um jantar, ele comentou que tinha feito um.

– Você tem alguma ideia de onde ele possa estar?

– Não, delegado. Nós sabíamos que ele tinha um cofre em casa, mas não sei onde. Eu sempre disse que era perigoso, mas ele respondia que seria impossível alguém descobrir.

– Sabe o teor desse testamento?

– Meu pai comentou uma vez que queria deixar algo substancial para o caseiro Melchior. Acho isso totalmente justo, pois esse homem foi seu companheiro por toda vida, mais do que qualquer outra pessoa no mundo.
– Você confia no Sérgio para conduzir a partilha?
– Totalmente, delegado. Ele é muito inteligente e é meu irmão.

Terminaram o depoimento e depois saíram para um café.
– Quem quer dar sumiço no testamento, hein, chefe?
– Não sei ainda, mas alguém está mentindo. Vamos ver como esse Vicente vai reagir como suspeito do crime. Vou pressioná-lo.
– Mas será que o ódio que o Vicente tem do pai justifica espoliar o Melchior? Na verdade, o cara foi sempre um grande apoio para eles. Sempre os ajudou, provavelmente com conhecimento do velho.
– É verdade, Luciano, mas vamos prosseguir desse modo por enquanto. Em todo caso, peça para que alguém fique na cola do Sérgio. Quero saber tudo que ele faz, 24 horas por dia. Agora vamos dar mais um pulinho na casa do Alcebíades.

Depois de sair da delegacia, Camila participaria do evento de lançamento de um novo medicamento, mas não conseguia se concentrar. Todos perceberam que ela estava meio ausente.

"Cansei. Esse delegado vai atrapalhar tudo. Não posso escapar dessa reunião de lançamento da nova apresentação do medicamento. Sérgio é um burro mesmo: me garantiu que aquele chá só daria um empurrãozinho no velho, que não deixaria nenhum traço, mas o Dr. Mauro não quis assinar o atestado de óbito. Só podia dar merda mesmo. Tenho que ligar pra Márcia e mandar ela ir visitar aquele médico do CRM. Expliquei a ele que precisava daquele artigo clínico falando bem do meu medicamento até o final do mês passado e, se ele não entregar o artigo agora, a Márcia vai passar o recado de que a viagem com a esposa dele para a Croácia vai melar. Mirela é muito gostosa mesmo. Aquele olhar, o perfume que ela usa estão me deixando louca – preciso ter cuidado com as fofocas. Já mandei todos os convites do casamento. Leandro é um docinho. Ele chamou os padrinhos e combinou a cor da rosa que vão usar. A semana que vem vai ser a nossa despedida de solteiro. Tenho que dar um jeito de comer a Mirela antes da viagem, senão vou ficar sonhando com ela – até na noite do Leandro. Tão bobinho. A bunda dele é linda, o peitoral e os braços, tão fortes. Todas ficam olhando. Adoro ver elas comendo meu Leandrinho com os olhos, mas ele é meu, só meu e acabo com ele se fizer alguma besteira. Ele não tem ideia com quem está lidando. Três Fronteiras... Mil infernos. Devem ser mais de mil os homens a quem me dei, em qualquer canto, de qualquer jeito. Minha mãe é puta, então sou putinha também. Não, sou putona! Mando em todos. O Vicente não me dá ouvidos, mas ele está sempre mais bêbado que um gambá, não conta. O Sérgio, bichinha dos michês enrustidos não pode sair do armário. Aquele viado de olhos azuis que mandei na semana passada fez bem o serviço. Meu irmão adorou e pediu mais. Tenho que ir ao cabeleireiro até amanhã. Tem a visita daquele diretor da matriz a quem vou apresentar o relatório anual dos meus produtos. Rosangela tá na minha cola, mas vou dar um jeito nela logo, logo. Acho que ela tem um caso com o Roger do Financeiro. Vou descobrir, porque os dois são casados, então vou colocar eles na palma de minha mão, nem que tenha de contratar um detetive. O apartamento que compramos tá ficando bonito. O pai foi generoso em dar esse presentão para o meu casamento. Os armários da cozinha estão quase prontos e os dos quartos também ficaram ótimos. Não vou conseguir montar tudo sozinha. Já falei pro Leandro que vamos precisar de uma decoradora. Não tenho tempo, nem ele. O Melchior é boa gente e sempre protegeu papai, mas ele não vai ficar com a bolada do testamento. Vou dar alguma coisa, mas não o que o papai queria. Agora que ele morreu, acabou: sou eu que mando. O palhaço queria controlar tudo e todos. Acabou. Os outros terão suas partes. Falei pro Sérgio que seria melhor que fizéssemos tudo direitinho, inclusive com o dinheiro escondido na Suíça. Vai dar uma boa bolada para todos, principalmente se combinarmos o presente para o Melchior do nosso jeitinho. Mirela vai cair na minha rede rapidinho. Aqueles olhos não me enganam, ela é chegada numa chupada geral. Vou fazê-la gemer como uma safada. Na semana que vem ficarei bem pertinho dela na apresentação daquele diretor que vem da França. Roço minha mão na dela, se ela não pular passo o bilhetinho para o almoço no motel. Só não pode ser o mesmo motel que vou com o Leandro; se uma daquelas atendentes estúpidas der bandeira, me ferro. Preciso levar o carro para a revisão dos 20 mil quilômetros na outra semana, que saco! Como farei para tirar os olhos desse delegado espertinho de nossos negócios? Foi muito azar essa história daquela histérica ter atropelado o Moleque e ainda registrar B.O. Deve ser muita falta de homem mesmo. Vicente não é problema, mas se pressionarem muito, o Sérgio se descontrola. Foi besteira ter procurado aquele médico para a cremação. Se souberem, vão ficar ainda mais desconfiados, mas não vão conseguir nada, mesmo se tirarem o velho da cova. Vão é melar nossa herança. Com certeza, vão querer saber mais daquele dinheiro que o papai deixou fora do país e aquele delegado filho da puta é bem capaz de achar o cofre."

Quando chegaram para mais uma visita à casa de Alcebíades, Melchior já os esperava. Entraram e foram direto até a biblioteca onde os livros ainda estavam dispostos da mesma maneira como o velho organizara. Ele era meticuloso e não gostava que mexessem em nada. Ficaram admirando a biblioteca, feita de madeira nobre, escura, com formas clássicas e detalhes torneados. Era evidente que o velho lhe havia dedicado muito tempo. Havia nichos, portinholas para guardar documentos, prateleiras para livros pequenos, médios e grandes. Melchior fitava a biblioteca junto de Batista e Luciano sem dizer nada. Em um dos nichos havia uma foto de um circo.

– Que circo é aquele? – perguntou Batista.

– É o Circo Tremendão. Venha ver aqui de perto.

– Sim, agora dá para ver bem. Tem aquela faixa sobre a lona com o nome. Essa foto sempre esteve aqui?

– Sim, o velho não deixava mexer em nada.

– Está um pouco alto para mim. Luciano, traga aquele banquinho.

Meio desajeitado, o delegado subiu, deixando os outros dois apreensivos. Ficaram por perto caso ele se desequilibrasse. Começou a tatear a moldura da foto. Parecia querer tirar a foto da biblioteca e Melchior aparentava não estar gostando daquela intromissão nas coisas do defunto.

– Fique tranquilo, Melchior, pois o velho não vai mais se aborrecer. Alcebíades era muito mais alto que eu?

– Sim, delegado.

– Então ele podia alcançar a foto sem o banquinho. Acho que tem uma espécie de botão aqui atrás. Sim...

Um barulho de engrenagens invadiu a sala enquanto uma pequena portinhola abriu em outro nicho por detrás de alguns livros. Lá estava o cofre, fechado, impassível, como se nada daquilo tivesse algo a ver com ele.

— Genial, delegado! — exclamou Luciano.

— E agora como vamos abri-lo sem o segredo? — Batista murmurou. Lembra-se daquele arrombador que prendemos há alguns anos?

— Sim. Acho que se chamava Valney "Mão de Seda".

— Sim, é ele mesmo, o Mão de Seda. Tire uma foto do cofre e ofereça alguma facilidade na prisão: lavanderia, biblioteca, qualquer coisa que vá diminuir sua pena, mas peça antes que o pessoal da perícia examine o cofre. Se alguém já abriu, talvez possamos recolher alguma pista.

No dia seguinte, pela manhã, esperavam pela chegada de Vicente.

— Consegui falar com o Mão de Seda. Pedi ao diretor da prisão para colocá-lo na biblioteca em troca de ele abrir o cofre para nós. Disse que vai ser moleza. Já mandei o pessoal da perícia examinar o cofre.

— Aposto que não encontraremos nada — dizia Batista com um sorriso.

Enquanto conversavam, um aviso da portaria do DIC alertou a chegada de Vicente. Os dois foram recebê-lo e o levaram à cafeteria. Em seus 40 anos, aparentava mais. Exalava o típico odor daqueles que abusam de álcool. Os cabelos desgrenhados e a barba de três dias não contribuíam para uma vista agradável. Maltratava-se... A falta de respeito por si mesmo expelia um cheiro como o cheiro de cigarro, impregnado nas roupas, nos cabelos e nos dentes amarelados.

– Um cafezinho, Vicente?

– Sim, delegado, obrigado.

– Só por curiosidade, você também deixou o Sérgio cuidar de sua parte da herança?

– Sim.

– Sua família ainda mora em Três Fronteiras?

– Sim, mas não tenho mais contato com eles. Minha mãe morreu.

Depois do café, encontraram o escrivão, que os esperava no gabinete do delegado. Após as formalidades iniciais, começaram as perguntas. Batista logo disparou:

– Eu gostaria que você comentasse o que aconteceu na casa do seu pai no dia em que a Dra. Silvia veio comunicar que atropelara o cachorro Moleque.

– Nós estávamos arrumando as malas com as roupas do meu pai quando ela chegou.

– Nós quem?

- Eu e o Sérgio. A Camila não podia vir aquele dia, então tratamos de arrumar as roupas do velho e ver se alguma coisa ainda podia ser útil. O resto daríamos para alguma sociedade beneficente.

– E os outros herdeiros? Sabiam disso?

– Sérgio me disse que comunicara aos outros suas intenções. Eles nunca foram próximos, então aceitaram a decisão de Sérgio. Foi isso o que ele me disse.

Batista o lembrou que o depoimento é uma declaração juramentada.

– Por que o senhor está me ameaçando, delegado?

– Não estou ameaçando, só avisando. Continue. Conte o que aconteceu quando a Dra. Silvia chegou.

– Nunca fui muito ligado aos cachorros do meu pai. Ouvimos a conversa da Dra. Silvia com o Melchior e decidimos não participar. De qualquer modo, os cachorros vão ficar com ele depois que vendermos a casa.

– O senhor sabe que ela prestou queixa de desaparecimento do cachorro da clínica veterinária?

– Não.

Luciano observava Batista preparando o bote. De mentira em mentira, Vicente iria se enrolar.

– O senhor conhecia a clínica veterinária aonde o Moleque foi levado?

– Não, delegado.

– O senhor ligou para a clínica naquele dia?

– Não.

– Vicente, temos um relatório de chamadas telefônicas recebidas pela clínica. No dia do ocorrido, houve duas chamadas suas, ou, pelo menos, do seu telefone celular, para a clínica. Uma delas durou cerca de 15 minutos. Por que o senhor ligou para a clínica que disse que não conhecia?

53

– Não lembro, delegado.

Agora Vicente mostrava sinais de nervosismo. Gesticulava muito e gaguejava.

– Quem de vocês murchou o pneu do carro da Dra. Silvia? Foi você?

– Ninguém murchou nada, delegado.

– Não minta, Vicente. O pneu da Dra. Silvia, quando levado para reparo, não tinha nenhum furo. Foi esvaziado.

– Não poderia ser algum moleque da rua?

– Bem em frente a sua casa, quando o Melchior e ela conversavam. Parece bem ousado e conveniente, não? Vamos mudar um pouco de assunto agora. O que havia na coleira do Moleque?

– Nada de especial, delegado, nome, telefone de contato...

– Telefonaram da clínica veterinária para o número indicado na coleira, mas não correspondia a nenhum telefone. Muito bem, Vicente, agora vamos parar com a brincadeira. Se você não começar a falar a verdade, vou prendê-lo preventivamente e acusá-lo de perjúrio e desacato à autoridade.

– Isto é constrangimento, delegado. Enquanto o Melchior estava falando com aquela moça, o Sérgio me pediu para ligar para a Camila buscar o cachorro. Eu liguei para a clínica para pedir o endereço e saber do Moleque. Juro que não sei de mais nada, delegado.

– Quer dizer que o Sérgio te manda fazer uma besteira e você obedece como um escravo particular?

– Eu só sei que ele me pediu isso e saiu correndo sem dizer nada.

– Está bem, Vicente. Vamos parar por aqui hoje, mas teremos de chamá-lo novamente. Por isso, não saia de São Paulo.

Depois que Vicente saiu, Batista e Luciano continuaram conversando sobre a investigação.

– Amanhã vou com o Mão de Seda abrir o cofre.

– Você já avisou o pessoal da perícia?

– Sim. A propósito, o que você acha de pedirmos um mandato para monitorarmos os telefones do Sérgio e do Vicente?

Batista não concordou com a ideia:

– Acho que seria inútil, pois eles já estão de sobreaviso. Temos de descobrir os rastros que deixaram. A verdade é que o Sérgio vai pagar o preço de sua arrogância. Acho que ele estava tão seguro de que nada aconteceria... Mais azar ainda foi o B.O. do cachorro ter esbarrado em minha mesa.

– Mas qual foi a motivação?

– Acho que foi ambição, raiva e excesso de confiança.

Batista prosseguiu:

– Divisão de espólios segue um ritmo normal para os depósitos bancários, ações e bens imóveis que são divididos em partes iguais entre os herdeiros. A lei permite direcionar até 30% do valor do espólio. No testamento que o Sérgio fez desaparecer, o Melchior devia ter uma parte significativa da herança. Além disso, o velho devia ter algum dinheiro fora do Brasil que eles querem surrupiar dos outros herdeiros. Basta para você como motivo para o crime?

No dia seguinte, Luciano voltou à casa de Alcebíades com o Mão de Seda, escoltado por outros quatro policiais. Lá chegando, levou-o à biblioteca onde se encontrava o cofre. Enquanto aguardavam a chegada da perícia, Luciano lhe mostrou como ele estava disfarçado atrás de alguns livros. Mostrou também como o Batista havia encontrado o mecanismo de abertura da tal portinhola.

– Vi poucos cofres tão bem disfarçados. Podemos começar? – perguntou o Mão de Seda.

– Mais um minutinho. O pessoal da perícia está chegando.

Ficaram observando a preparação do material e o exame preliminar da porta do cofre. Quando liberaram, Luciano pediu que começasse. O criminoso, com o ouvido colado no cofre, manipulava suavemente a catraca. Quando um dos peritos espirrou e tossiu, Mão de Seda interrompeu o trabalho, contrariado. Voltou a se concentrar. Com os olhos fechados e suando, mudou de fisionomia ao perceber um quase inaudível clique e girou a manivela da porta do cofre. Ele sabia que era o melhor! Todos o cumprimentaram e a equipe técnica reiniciou o exame imediatamente, enquanto levavam Mão de Seda com os policiais que o escoltavam de volta ao presídio. Quando voltou ao interior da casa, Luciano recebeu dois presentes da equipe técnica: dois envelopes contendo um pedaço de extrato bancário escrito em inglês e outro com uma impressão digital.

— Nada mais? – perguntou ao chefe da equipe de perícia.

— Nada, mas parece ser bom.

— Vou voltar agora mesmo ao departamento.

Mal chegou, levou a impressão digital a um perito e foi para sua mesa examinar o extrato. Não havia movimentação financeira no período que podia ser visto naquela folha, mas o saldo era vultoso. Não tinha nenhuma identificação do proprietário da conta, mas não era preciso ser um gênio para saber de quem era aquele dinheiro. O banco era o Crédit Suisse de Zurique. Luciano pegou o telefone e ligou para o procurador Dr. Elio Moreira, especialista em casos de lavagem de dinheiro.

— Bom dia, Dr. Elio. Aqui fala Luciano Freitas, do DIC.

— Bom dia, Luciano. Como vai? Acho que trabalhamos juntos no caso do assassinato de um doleiro.

— Sim, doutor, mas já faz algum tempo. Fico feliz que o senhor se lembre, pois estou precisando de sua ajuda.

Explicou o caso ao especialista, que concordou em pedir uma autorização judicial para quebra do sigilo fiscal e bancário de Alcebíades.

— O banco suíço não vai cooperar, a não ser que o dinheiro seja produto de corrupção.

– Eu sei. Em todo caso, o senhor acha que poderemos usar o extrato em nossas investigações?
– Sim, sem dúvida, até mesmo como indício de lavagem de dinheiro, embora não seja esse seu objetivo principal. Vocês tem uma arma poderosa contra eles.
– Me ocorre uma ideia agora, Dr. Elio. Se por acaso eu tiver o número da conta no tal banco, será que eu conseguiria obter um extrato completo?
– Sim, Luciano. Mas como é que você vai conseguir essa informação?
– Acho que já tenho...

Luciano sabia muito bem que o extrato do banco suíço teria de ser mencionado no relatório final da investigação. Chantagem ou não, pouco importava. Se não foram cuidadosos, o problema era deles, pensava enquanto se despedia do Dr. Elio. Ligou em seguida para o Batista. Ao entrar na sala do delegado, abriu um sorriso enigmático. Descreveu as recentes descobertas e o sucesso do Mão de Seda em abrir o cofre.

– Parece que estamos chegando perto da solução, mas foi interrompido pelo astuto delegado.

– Não confie tanto nas aparências, Luciano. Em todos esses anos, uma coisa que aprendi é que, a não ser que estejamos frente a um ladrão de galinhas, o que não creio que seja o caso, as evidências podem nos levar eventualmente a um engano. Precisamos ficar atentos. O que foi que você descobriu?

Luciano descreveu os papéis do banco suíço e a presença da digital, que era de Sérgio. Contou tam-

bém que tentou obter um extrato no banco a partir do número da conta e que obtivera sucesso.
– Mas como assim, Luciano? Qual o número da conta?
– Foi pura intuição, Batista. Liguei e falei o segredo do cofre. Deu certo, era o número da conta do Alcebíades também. Agora temos o extrato completo.
– Grande ideia, rapaz!
Agora tinham provas de que Sérgio fuçara no cofre de seu pai. Podiam agora dar-lhe uma verdadeira prensa. E tinha mais: a equipe que seguia Sérgio flagrou as atividades do médico com garotos de programa e travestis. Ele tinha realmente muito a esconder. Batista instruiu Luciano a convocar Sérgio para uma conversa não oficial, eventualmente até em um lugar que o próprio médico indicasse. Este os convidou a visitá-lo no dia seguinte, no começo da noite, em seu consultório. Lá chegando, foram recebidos pela secretária.
– Dona Célia, pode sair agora que eu fecho o consultório. Entrem e fiquem à vontade.
– Dr. Sérgio, o senhor sabe que mentiras no seu depoimento poderão ocasionar uma acusação de perjúrio?
– Vocês fizeram com que eu me sentisse constrangido. Falei com meu advogado e esta será nossa última conversa, delegado.
– Entendo sua posição, doutor. Acho também que foi razoável de sua parte que tivéssemos essa con-

versa informal. Creio que sua situação pode se complicar e prejudicar sua posição no hospital.
– Como assim, delegado?
– Veja bem, doutor, sabemos que a morte do seu pai pode ter sido manipulada com utilização de um fitoterápico, já que o Dr. Mauro recusou-se a fornecer o atestado de óbito. Sabemos que o senhor conseguiu abrir o cofre do Alcebíades na biblioteca para surrupiar o testamento do velho e o dinheiro que lá havia. Talvez até outros documentos também, como os relativos aos montantes que ele mantinha em bancos fora do país. Finalmente, sabemos também mais algumas coisinhas sobre seus hábitos pessoais. Então, doutor, como o senhor pode perceber, temos muitos indícios, mas gostaríamos de ter a sua versão dos fatos.
– O senhor tem apenas indícios, senão estaria falando comigo de outra maneira. Daqui em diante, meu advogado estará a sua disposição e só falarei perante a justiça. Não responderei mais nada.
– Antes de se calar, o que é seu direito, gostaria ainda de comentar um outro assunto que creio ser o motivo de toda essa trama e, talvez, da morte prematura de seu pai. Encontramos no cofre da biblioteca um extrato bancário que mostra uma soma importante de dinheiro guardada fora do alcance das leis brasileiras de herança. Acredito que o testamento também estivesse nesse cofre. A coleira do Moleque tinha, em vez do telefone de casa, o segredo do cofre e o número da conta nesse banco. Mas atenção, doutor, o promotor que acompanha esse caso demons-

trou interesse em investigar indícios de lavagem de dinheiro por parte de seu pai e dos muitos artistas com quem ele teve contato em todos esses anos de atividade artística. Se isso acontecer, a partilha da herança tomará um caminho cheio de obstáculos.
– Podemos acabar agora, delegado?
– Sim, doutor. Pense bem em tudo que falei e telefone se quiser mudar alguma coisa em sua linha de raciocínio.

Mais tarde, na sala do delegado.
– Luciano, peça um mandato para grampearmos os telefones dos três irmãos.
– Mudou de ideia, Batista?
– Não, não mudei. Ainda acho que usam esse recurso com excessiva facilidade, ou seja, por preguiça. Não precisa gravar muita coisa. Quero entender em que tonalidade de voz conversam entre eles para montarmos um perfil psicológico da relação deles. Algo me diz que seremos surpreendidos. Como está a quebra do sigilo fiscal e bancário do Alcebíades?
– Já recebemos as informações. Estão sendo processadas pela equipe de análises financeiras. Me prometeram um laudo em dez dias.
– Gostaria que você questionasse mais algum especialista em medicina legal sobre o laudo da autópsia do Alcebíades. Sem alguma nova evidência, não poderemos fazer nada em relação à nossa suspeita de assassinato. Talvez seja necessária a exumação do cadáver para uma análise aprofundada de enve-

nenamento, mas não quero fazer isso sem o aval de outro especialista.

— Conheço alguém.

— Vamos aguardar esses laudos e então decidiremos nossos próximos passos. O que você acha de colocarmos os três irmãos em acareação?

— Batista, eu acho que nos trará os elementos de que precisamos para definir quem foi o líder dessa trama.

Estavam claros para ambos os próximos passos, então cada um seguiu seu caminho.

Nos dias seguintes, a quebra do sigilo telefônico dos três irmãos foi aprovada. Luciano costumava passar de 1 a 2 horas todos os dias na sala do departamento onde eram feitas as gravações. Rapidamente, um padrão ficou claro nas conversas entre eles: Vicente parecia mais assustado, não perdoava o irmão Sérgio por tê-lo envolvido naquela investigação e ficou sabendo do conteúdo da coleira do Moleque somente depois que Sérgio explicou o motivo de seu interesse em recuperar o cachorro. Sérgio tinha um comportamento submisso aos desígnios da irmã mais nova, Camila. Ela não perdoava a burrice e arrogância de Sérgio, que provocara toda aquela confusão com a polícia.

— Já saiu alguma coisa da análise dos dados financeiros? — prosseguiu Batista.

— Sim. Terei também uma reunião com o Dr. Ananias, professor de medicina legal. Vou pedir a ele uma segunda perícia da autópsia do velho Alcebíades.

– E as escutas telefônicas?

– Acho que já podemos parar com elas. Uma grande manipuladora salta aos olhos nas conversas que monitoramos. A Camila praticamente manda nos dois irmãos.

– Muito bem, Luciano. Vamos esperar a opinião do Dr. Ananias a respeito do atestado de óbito do velho e então marcaremos a acareação.

A armadilha estava se fechando. Meticulosamente, o velho delegado juntava as peças daquele quebra-cabeça que lhe caíra no colo. Batista estava prestes a desvendar uma grande fraude em uma herança milionária e, talvez, até mesmo o assassinato do velho palhaço.

Alcebíades havia servido a muitos cantores sertanejos como lavanderia do caixa dois dos shows. Boa parte da arrecadação acabava chegando a paraísos fiscais, evitando o pagamento de impostos. Uma parte ficava em conta bancária na Suíça como uma espécie de reserva estratégica. Aquela investigação do Batista levantava uma cortina de segredos do circuito de shows e rodeios pelo Brasil afora. A Polícia Federal iria, certamente, retomar aquele fiozinho que o velho delegado havia puxado para uma operação muito maior de lavagem de dinheiro, evasão de impostos e outros crimes financeiros.

Naquela tarde, o Dr. Ananias teria os resultados de alguns exames que ele resolvera repetir nas amostras que haviam sido guardadas exatamente com aquele propósito. Dependendo daqueles resultados, ele pediria ou não a exumação do cadáver. Luciano entrou no gabinete do Dr. Ananias e foi logo perguntando:

– Então, doutor, houve alguma mudança nos resultados dos exames?

– Eu acho que dificilmente teremos alguma evidência que leve a uma confirmação de envenenamento, mas os exames mostraram quantidades muito pequenas daquele fitoterápico de que você me falou. Se quiserem insistir nessa teoria, teremos que exumar o cadáver e ver se conseguimos algo. O fato do médico ter se recusado a assinar o atestado de óbito e a insistência dos irmãos em cremar o cadáver me levam a pensar que talvez vocês tenham razão. Ainda bem que não lhes foi dada autorização para a cremação.

– Você sabe que eles até conseguiram que um médico assinasse a petição?

– Eu acho que vocês deveriam dar uma prensa nesse médico. Ele deve ter cobrado um bom dinheiro para assinar a petição sem conhecer as circunstâncias da morte do Alcebíades.

No dia seguinte, Luciano visitou o Dr. Ozires, que assinou o pedido de cremação do corpo de Alcebíades. Identificou-se e contou ao médico as circunstâncias da morte do velho.

– Então, doutor, nós já temos o mandato para exumação do corpo para refazer as análises para descobrir o que a primeira autópsia não revelou. Talvez estejamos diante de um caso singular de assassinato. O senhor conhecia o Sr. Alcebíades?
– Não.
– O senhor sabia que o médico particular de Alcebíades havia se recusado a assinar o atestado de óbito?
– Eles não me contaram isso.
– Quem?
– Ora, os filhos do velho. Eles me pediram que assinasse o pedido de cremação com uma história de que não podiam esperar o médico do velho voltar de uma viagem. Acho que me enrolaram.
– Quanto o senhor cobrou pela sua assinatura?
– Cobrei 3 mil reais.
– O senhor já fez isso antes?
– Não sei se devo responder a essa pergunta. Acho que vou chamar meu advogado.
– O senhor está enrolado, doutor. Se colaborar com nossa investigação, colocaremos isso no relatório. Vamos precisar do seu depoimento na delegacia; aqui está a intimação.

Naquela tarde, haveria a acareação entre os três irmãos. Depois da conversa com o Dr. Ozires, Luciano voltou à delegacia.
– É engraçado, delegado.
– O quê, Luciano?

— Ora, toda essa história começou com um B.O. totalmente furado da tal advogada. Ela estava histérica e acabou por criar uma verdadeira confusão na clínica. Na verdade, não aconteceu nada do que ela afirmou. Aposto até que o pneu murchou sozinho mesmo e que o borracheiro não encontrou o defeito.

— E é também verdade que puxando uns fiozinhos acabamos por ter diante de nós um possível assassinato, fraudes fiscais, lavagem de dinheiro, roubo, falsidade ideológica e sabe-se lá mais o quê.

— Tudo isso é fato, Batista, mas não sei se vamos conseguir indiciamentos. As fraudes fiscais e a lavagem de dinheiro aconteceram há mais de 10 anos, portanto já estão prescritas. O assassinato também é um grande ponto de interrogação. O que temos com certeza é o roubo do testamento e o dinheiro que o velho tem na Suíça. Quando os outros herdeiros souberem de tudo isso vão tirar o Sérgio da função de testamenteiro. Você acha que conseguiremos pressionar os três irmãos a abrirem o jogo?

— Não dá para saber, Luciano, mas temos um monte de indícios e fatos constrangedores para pressioná-los. Vamos revisar tudo: a sala está pronta? A equipe de som e imagem está a postos? Para que horas está marcada a acareação?

— Daqui a uma hora. Pedi que chegassem antes, então já devem estar na recepção.

— Então peça para subirem. Quero começar logo, pois esse negócio será longo.

— É pra já, Batista.

Depois que subiram com seus advogados, Luciano instalou os três irmãos na sala e os advogados em uma sala contígua com um vidro que permitia a eles verem seus clientes e ouvirem tudo, sem serem vistos. Todos foram instruídos pelo delegado das características daquele depoimento, de seus direitos e deveres. Após as formalidades de identificação começou a inquirição.

– Muito bem, senhores, pedi essa acareação para esclarecer alguns pontos obscuros da investigação cuja origem foi o boletim de ocorrência lavrado na delegacia do bairro de Campo Limpo, no município de São Paulo. Os fatos descritos naquele B.O. já foram há muito superados pelas descobertas que fizemos no curso da investigação. Então, eu gostaria de começar perguntando a você, Vicente, se o Sérgio pediu que o pneu do carro da Dra. Silvia fosse esvaziado no dia em que a Dra. Silvia foi à casa de seu pai, Alcebíades, para falar do atropelamento do cachorro Moleque.

– Não, de modo algum.

– Você sabia, Vicente, as informações que a coleira do Moleque continha?

– Eu imagino que o nome, endereço e telefone de contato para o caso de ele se perder.

– Nada mais?

– Não que eu saiba, delegado.

– E você, Sérgio, sabia de mais alguma coisa?

– Não, delegado.

– Quem foi buscar o cachorro na clínica veterinária?
– Fui eu, delegado – Camila respondeu.
– Mas você não estava na casa de seu pai quando a advogada chegou.
– Não, mas o Vicente ligou e perguntou se eu poderia pegá-lo na clínica.
– Por que ele te pediu isto, Camila? Por que ele não foi buscar?
– O Moleque era muito ligado ao meu pai, ao Melchior e, em terceiro lugar, a mim. Vicente achou melhor pedir que eu fosse buscá-lo, inclusive porque haveria uma conta a ser paga.
– E quando você chegou à clínica, como ele estava?
– Estava ainda meio sedado. Me disseram que quando ele chegou estava muito estressado, irritado e agressivo. Então, o sedaram para poder examinar e cuidar de suas feridas. Graças a Deus não houve fraturas. Disseram para lhe dar um analgésico duas vezes ao dia, por três ou quatro dias.
– Você sabe por que o Moleque fugiu?
– Não, delegado.
– E você, Sérgio, sabe por que ele fugiu? Vicente?
– O senhor deveria perguntar isso ao Melchior, que cuida dos cachorros do meu pai – Sérgio respondeu irritado.
– Exatamente, Sérgio. Foi o que fizemos e aí já temos um problema, pois hoje em dia não se admitem maus-tratos aos animais. É um crime previsto em lei.

O Melchior sempre tratou bem desses cachorros e a Camila não estava em casa. O Moleque fugiu por ter sido maltratado ou por você ou pelo Vicente, ou por ambos.

– Eu nunca cheguei perto dos cachorros do meu pai – sussurrou Vicente.

– Ei, vocês estão querendo me encurralar com essa besteira do cachorro? Não tenho nada com eles e nem quero tê-los por perto quando tudo isto terminar. O Melchior vai levá-los para aquele buraco do mundo que é Três Fronteiras – prosseguiu Sérgio.

– É isso mesmo, Sérgio. O Melchior foi o verdadeiro guardião do seu pai todos esses anos. Desde a visita do Circo Tremendão em Três Fronteiras, há mais de 40 anos, até sua morte por envenenamento.

Agora as coisas iriam mesmo esquentar. Não havia ainda prova do envenenamento, mas Batista decidiu prensá-los, pensou Luciano. Um burburinho tomou a sala onde estavam os advogados.

– O quê você está dizendo, delegado? – Camila foi a primeira a reagir assustada.

– É isso mesmo. Por que vocês acham que o Dr. Mauro não assinou o atestado de óbito? O médico que vendeu a sua assinatura para o pedido que fizeram de cremação do corpo do Alcebíades será indiciado por falsidade ideológica. Já pedimos a exumação do corpo. Exames preliminares feitos após a primeira autópsia revelaram traços de um fitoterápico que pode ter causado o infarto que matou o seu pai.

– Sérgio, não consigo acreditar que você tenha feito isso com nosso pai – Vicente reagiu. Você sempre me disse que aquele chá era uma espécie de calmante inofensivo, muito melhor do que os calmantes alopáticos. Naquela noite você fez o papai beber um monte e ficou empurrando para ele tomar mais. Além disso, ficou discutindo as decisões dele em relação ao testamento.

– Não fica jogando tudo em cima de mim, não. A Camila estava conosco e ela sempre discordou das ideias dele com relação ao Melchior.

– Então vocês sabiam do testamento. Onde está ele?

Um silêncio constrangedor pesou sobre os três irmãos. O delegado prosseguiu.

– Eu gostaria de saber, Camila, se você sabia onde estava o cofre do seu pai.

– Não, delegado.

– E você, Vicente, tinha conhecimento de onde estava o cofre?

– Não.

– Muito bem, Sérgio, então só resta você. Você sabia onde estava o cofre do seu pai?

– Sim, delegado. Um dia, ao chegar na casa do meu pai, eu pude vê-lo fechando o cofre pela janela do quintal.

– Então como foi que você abriu o tal cofre?

– Eu não abri.

– Você está mentindo. Eu mandei abrir o tal cofre. Não foi fácil achá-lo e muito menos abri-lo. A perícia achou uma impressão digital sua dentro dele. Agora, vou perguntar novamente: onde está o testamento do seu pai?

– Não sei de nenhum testamento - respondeu sem convencer ninguém.

– Você também não sabe nada do dinheiro guardado na Suíça e das suas saídas noturnas.

– Vamos ter de repensar toda nossa estratégia, irmão – Camila falou calmamente, demonstrando quem mandava ali.

– Do que vocês estão falando? Eu não estou entendendo nada. Que dinheiro é esse na Suíça? Vocês me disseram que não havia testamento no cofre e que não tinham encontrado nada. Que história é essa que o delegado está insinuando? – Vicente esbravejava.

Ele não estava de conluio com Camila e Sérgio.

– Muito bem, delegado. O senhor fez um bom trabalho. Nós queremos um acordo para resolver essa confusão – Camila prosseguiu.

Agora ela tomava definitivamente as rédeas. Sérgio olhava para todos, sem saber o que dizer, o que fazer.

– Primeiro, eu quero saber toda a verdade, Camila. Você e Sérgio mataram o Alcebíades? – perguntou Batista.

– Não. Ele tomava aquele chá por indicação de um amigo metido a coisas naturais. Naquela noite em que ele enfartou tivemos, de fato, uma discussão por causa do testamento. Ele queria deixar uma fortuna para o Melchior e eu não podia concordar com isso. Nem o Sérgio. Decidimos então dar um sumiço no testamento e no dinheiro que sabíamos que ele guardava na Suíça.

– Então vocês sabiam da existência do cofre e do segredo que Moleque guardava em sua coleira?

– Meu pai se achava muito esperto, sempre se achou. Camila expressou um sentimento de raiva evidente e prosseguiu em seu desabafo: "para ele só contava o que ele queria. Foi sempre assim. Nunca se importou com ninguém. Mesmo aquele dinheiro que ele deu e dava para todas as famílias que destruiu era uma espécie de desculpa que inventou para si mesmo. Ele se redimia fazendo aqueles envelopes que mandava a torto e a direito. Mas as coisas não são bem assim".

– Sim, eu sabia do cofre. Um dia testei o telefone que estava gravado naquela coleira: não era um número de telefone, muito menos da casa dele. Os outros cachorros tinham o telefone da casa em suas coleiras – prosseguiu Camila.

– Então você deduziu que era o segredo do cofre e ficou de butuca para descobrir como achá-lo.

– Certo, delegado.

– Vocês me traíram e ao Melchior também. Ele sempre nos ajudou. Não é justo roubá-lo. Nunca perdoei nosso pai e me fiz um enorme mal, vocês sabem. Mas isso não justifica o que vocês fizeram – Vicente estava muito irritado.

– E eu, Vicente? Quase morri e matei minha amiga por causa das bebedeiras. Foi nosso pai que me fez assim. Ruim, podre por dentro – Camila gritava.

Sérgio virou-se e colocou seus braços sobre sua cabeça. Estavam todos perplexos com aquela cena que estava se desenrolando. Parecia que uma soma de emoções represadas quebrava as barreiras e fluía violentamente. O delegado Batista sentiu que precisava dar uma empurradinha bem direcionada para quebrar as trincheiras psicológicas criadas por aqueles pobres bastardos. Ele deu o peteleco... Conseguiu o que queria.

– Vamos fazer uma pausa – pediu o delegado.

Dez meses depois do final daquele inquérito, Luciano entrou na sala do delegado Batista com um sorriso nos lábios.

– Podemos dar um pulinho em Três Fronteiras? Que tal sairmos hoje, no começo da tarde? Chegaremos lá no começo da noite.

– Para quê, Luciano? O que faremos lá?

– É uma pequena surpresa. O delegado Melchior – lembra-se dele? – telefonou e me contou uma coisinha que quero lhe mostrar. Ele nos convidou para ficarmos na casa dele.

Saíram logo depois do almoço e chegaram cansados, no começo da noite. Melchior os levou para jantar na tia Carlota. Conversaram amenidades e foram dormir. No dia seguinte, foram passear pela cidade. Nos limites de Três Fronteiras, Batista viu o que não tinha visto na escuridão da noite: uma grande lona e a entrada do "Grande Circo Tremendão". Os olhos do velho delegado brilharam.

– Temos entradas para o espetáculo que vai começar às 4 da tarde, comentou Melchior. Quando eu disse ao dono do circo quem viria assistir ao espetáculo até ganhei as entradas como cortesia. Vocês conhecem o pessoal do circo?

– É uma longa história, Melchior. Conhecemos a história que você contou ao Luciano na época em que investigamos a morte do Alcebíades – respondeu Batista.

– Quem? Alcebíades?

– O delegado Melchior não conhece o Alcebíades, só o velho palhaço Melchior, que mudou de nome em São Paulo – acrescentou Luciano.

– Tá certo, Luciano. Desculpe, Melchior. O palhaço que há 40 anos passou por Três Fronteiras com seu Circo Tremendão mudou de nome quando fugiu daqui. Tornou-se Alcebíades.

O delegado Melchior contou que havia pouco tempo o circo voltara à cidade. Pouca gente lembrava da história, só os mais velhos que contaram aos mais novos. Depois do churrasco na casa do delegado, os três foram ao circo. Muita gente chegava para a matinê, de carro, moto, charrete ou a cavalo. Parecia cena de filme. Entraram e sentaram em lugares na primeira fila, lugares de honra. Às 16h00, pontualmente, a música anunciou a entrada do mestre de cerimônias, vestido a caráter. Começava o espetáculo. Ele não parecia estranho para Batista. E nem o adestrador de cães. No intervalo, saíram para tomar um refresco. Lá, foram abordados pelo velho Melchior, o antigo empregado de Alcebíades que veio cumprimentar o delegado.

– Como vão vocês? Como ficaram sabendo do espetáculo? Não está uma beleza? Eu fico emocionado cada vez que entro nesse picadeiro. Parece até que tenho os mesmos 10 anos de idade de quando entrei pela primeira vez. Sabe como se chama o cachorro mais esperto do adestrador?

– Acho que consigo adivinhar – respondeu Batista, deliciado. – Moleque?

– Muito bem, delegado. Faz quatro dias que o circo está por aqui, sempre lotado e venho todos os dias ver o espetáculo.

– É curioso como o adestrador e o mestre de cerimônias são parecidos.

Nesse momento, o velho Melchior, o delegado e Luciano não contiveram uma gargalhada.

– Do que vocês estão rindo?

– Você vai saber já, já. O espetáculo vai recomeçar. Vamos lá, seja paciente mais um pouquinho. Não quero estragar a surpresa. Você vai gostar, prometo – Luciano acalmou o velho policial que parecia contrariado.

As cornetas anunciavam a retomada do espetáculo com os malabaristas e trapezistas. Depois entrou o palhaço, que se nomeava Melchior, todo maquiado, inclusive com aquela enorme lágrima no olho esquerdo, de nariz vermelho e sapatos enormes. Não faltava também a calça em que poderiam entrar duas pessoas obesas e os suspensórios. Levava com ele um boneco, um pernilongo enorme com quem ele conversava com técnica de ventríloquo. O pernilongo chamava-se Pernacuca. As crianças adoravam as aventuras do Pernacuca pelo mundo: os países que visitou, os lugares que mais gostou e as pessoas mais saborosas que havia picado. Depois Melchior imitou o bêbado, o professor chato, o político que gostava de longos discursos. Durante a *performance*, Luciano observava Batista se divertindo. Ele cochichou ao seu ouvido.

– Eu não lhe disse que ia gostar da surpresa?
– Ainda não consegui reconhecê-lo... Devo estar ficando enferrujado. Quem é ele, Luciano?
– Ora, delegado. É o Vicente!
– É claro que é!

Mais tarde, na casa do delegado Melchior.
– Ora, ora, Vicente – exclamou Batista entusiasmado. Pelo que vi, você é um legítimo herdeiro do seu pai.
– Minha vida mudou completamente, delegado, e para melhor. Em parte, graças a você.
– Como assim, Vicente? O que aconteceu com seus irmãos?
– Bem, as coisas tomaram um outro rumo. Outro filho do Melchior assumiu a posição de testamenteiro,

pois Sérgio não tinha mais a confiança dos herdeiros e, pra falar a verdade, nem a minha.

– O que aconteceu com ele? Fiquei preocupado, pois ele me pareceu bastante frágil.

– Ora, delegado, o senhor fez o seu trabalho, aliás muito bem feito. Não vamos fingir compaixão. A vida me ensinou muitas coisas, às vezes da forma mais penosa. Acho que por isso posso ser um bom palhaço agora.

Contou que Sérgio perdeu sua posição naquele hospital. Ficou muito instável depois do inquérito e puxaram facilmente o seu tapete, aliás como ele havia feito com outros médicos antes. Sua clínica funciona, mas com um volume muito menor.

– Não estou preocupado com sua segurança material. A verdade é que ele ainda vive o ódio que sente pelo nosso pai, culpando-o por todo o mal que acontece no mundo. Ele não cresceu.

– E sua irmã, a Camila?

– Também me preocupa, delegado. Voltou a beber e seu casamento naufragou.

Contou que ela ainda não perdera seu emprego, mas que era só uma questão de tempo. Não se livrou do ódio que sentia pelo pai. Na verdade, Sérgio e Camila, pareciam ser fortes e bem-sucedidos e ele era o caso perdido.

– Veja só! Entendi meu pai, perdoei, e faço uma homenagem a ele todos os dias que entro em cena com seu nome. Sofri muito, também bebi muito, meu casamento fracassou, mas descobri que sou palhaço, e dos bons. Acho que só assim é que nascem palhaços. O que o senhor acha, delegado?

– Acho que você tem razão, Vicente. Mas o que o fez chegar perto de um circo? Você já havia tentado algo semelhante?

– Não, delegado. Mas, durante sua investigação, não sei como – às vezes o destino nos prega boas peças – me chegou a informação de que o Circo Tremendão estava visitando uma cidadezinha não muito longe de São Paulo. Foi um choque para mim. Sabia da história do circo e que ele pertencera a meu pai, que o havia vendido depois de suas aventuras em Três Fronteiras. Aquela notícia mudou minha vida.

Vicente contou então como se apresentou ao dono do circo, um tal de Agenor, bastante idoso. O circo não estava passando por sua melhor fase. Ele ainda fazia o papel de mestre de cerimônias, mas estava cansado e a lona, furada. Foi a ele que seu pai havia vendido o circo 40 anos antes. Vicente começou a trabalhar no circo como ajudante-geral e viajou pelo Brasil afora.

– Trabalhei feito um asno, mas estava feliz. Em uma cidadezinha, um cachorro aproximou-se de mim e não me largou mais. Acabou tornando-se uma espécie de mascote do circo. Sem nada para fazer, comecei a ensinar-lhe alguns truques e o danado do cachorro era bom e inteligente. Fazia tudo que eu mandava. Arrumamos mais dois cães talentosos e assim começou minha carreira de artista circense, como domador de cães.

– Essa é uma coincidência enorme. Fiquei sabendo que você colocou o nome de Moleque no cachorro.
– É verdade, delegado. Alguns meses depois o Agenor ficou doente e o substituí em cena, morrendo de medo. Tornou-se definitivo quando ele me anunciou que não tinha mais forças para continuar e me propôs vender o circo. Eu não podia acreditar que aquilo estava acontecendo. Naquela época, um dos bens do meu pai recebeu alvará de venda do juiz para que o dinheiro fosse imediatamente dividido entre os herdeiros. Estava então em condições de propor a recompra do Circo Tremendão. Depois fui inventando outras *performances* e o circo está novamente em forma. As prefeituras das cidades entram em contato pedindo que as visite. Oferecem o terreno, ajudam na divulgação do evento e, às vezes, até fornecem uma ajuda ao faturamento total.
– Estou impressionado, Vicente – acrescentou Batista.
– Tem ainda mais uma historinha que eu queria contar. Durante todos esses anos de perdição, eu tive muita dificuldade de me relacionar com mulheres. Não conseguia amar nem ser amado. Não gostava de mim, então era difícil dar algo de bom a quem quer que fosse. Não foi à toa que meu casamento fracassou. Agora, em cada cidade que passo, vocês viram o alvoroço que se forma e o assédio das meninas é grande. Eu posso entender muito bem o que se passou com o velho Melchior, meu pai, pois o mesmo

está acontecendo comigo. Já tenho dois filhos a caminho por aí. Talvez dois futuros palhaços...
– Isso é ótimo, mas mesmo assim essas crianças vão sofrer. Você sabe disso, não é, Vicente? - replicou Batista preocupado.
– Eu sei. O ser humano pode ser cruel, principalmente nas pequenas cidades. Sim, essas crianças vão sofrer, talvez tanto quanto eu e fico triste por elas. Vou ajudá-las em tudo que puder. Você acha que algum dia elas serão capazes de me perdoar?

FONTE: Chronicle
PAPEL: Pólen 80 g/m²
IMPRESSÃO: PSP DIGITAL